일편단시

일편단시

지은이 나태주, 반칠환, 서정춘, 윤효, 함민복
펴낸이 임상진
펴낸곳 (주)넥서스

초판1쇄 발행 2021년 11월 25일
초판2쇄 발행 2021년 11월 30일

출판신고 1992년 4월 3일 제311-2002-2호
10880 경기도 파주시 지목로 5
Tel (02)330-5500 Fax (02)330-5555

ISBN 979-11-6683-179-9 03810

가격은 뒤표지에 있습니다.
잘못 만들어진 책은 구입처에서 바꾸어 드립니다.

www.nexusbook.com
&(앤드)는 (주)넥서스의 문학 브랜드입니다.

한 조각 짧은 시

일편단시

一片短詩

나태주 · 반칠환 · 서정춘 · 윤효 · 함민복

&

서문

시 쓰는 사람을 일컬어 시인이라 합니다.

그러나 이 책이 출판사의 것이 아니듯이 시는

시인의 것이 아닙니다.

그 시를 읽는 사람의 것입니다.

한 구절 한 구절 새기며 누리는 사람의 것입니다.

짧은 시를 즐겨 쓰는 다섯 명이 적지 않은 시편을 들고

한자리에 모였습니다.

토씨 하나에도 부르르 떠는 딸깍발이들이지만

어찌 몇 마디 말로써 생의 전모를 그려낼 수 있겠습니까?

시행을 건너다가 아득한 여백을 만나시거든

거기 한동안 머무르셔도 좋겠습니다.

2021년 가을

나태주_반칠환_서정춘_윤효(글)_함민복

차례

2 반칠환 편

사랑: 시리지 않다

3 서정춘 편

수평선 보며: 나는 하늘 아래 밑줄만 그읏고 살았다

4 윤효 편

홍시: 빨갛게 남아 있었다

5 함민복 편

그리움: 지워지지 않는다

1

나태주 편

안부

오래 보고 싶었다

제비꽃

그대 떠난 자리에
나 혼자 남아
쓸쓸한 날
제비꽃이 피었습니다
다른 날보다 더 예쁘게
피었습니다.

앉은뱅이꽃

발밑에 가여운 것
밟지 마라,
그 꽃 밟으면 귀양간단다
그 꽃 밟으면 죄받는단다.

가로등

밤안개는 몸에 해롭대요
치마 벗고 밤거리에 나선
누군가의 아낙.

잠들기 전 기도

하나님
오늘도 하루
잘 살고 죽습니다
내일 아침 잊지 말고
깨워주십시오.

풀꽃 1

자세히 보아야
예쁘다

오래 보아야
사랑스럽다

너도 그렇다.

풀꽃 2

이름을 알고 나면 이웃이 되고
색깔을 알고 나면 친구가 되고
모양까지 알고 나면 연인이 된다
아, 이것은 비밀.

풀꽃 3

기죽지 말고 살아봐

꽃 피워봐

참 좋아.

두 여자

한 여자로부터
버림받는 순간
나는 시인이 되었고

한 여자로부터
용납되는 순간
나는 남편이 되었다.

좋은 날

하고 싶은 일을 하니 좋고
하고 싶지 않은 일을 하지 않으니
더욱 좋다.

좋다

좋아요

좋다고 하니까 나도 좋다.

그리움 1

햇빛이 너무 좋아
혼자 왔다 혼자
돌아갑니다.

그리움 2

가지 말라는데 가고 싶은 길이 있다
만나지 말자면서 만나고 싶은 사람이 있다
하지 말라면 더욱 해보고 싶은 일이 있다

그것이 인생이고 그리움
바로 너다.

이 가을에

아직도 너를
사랑해서 슬프다.

사는 법

그리운 날은 그림을 그리고
쓸쓸한 날은 음악을 들었다

그리고도 남는 날은
너를 생각해야만 했다.

11월

돌아가기엔 이미 너무 많이 와버렸고
버리기에는 차마 아까운 시간입니다

어디선가 서리 맞은 어린 장미 한 송이
피를 문 입술로 이쪽을 보고 있을 것만 같습니다

낮이 조금 더 짧아졌습니다
더욱 그대를 사랑해야 하겠습니다.

행복 2

저녁 때
돌아갈 집이 있다는 것

힘들 때
마음속으로 생각할 사람 있다는 것

외로울 때
혼자서 부를 노래 있다는 것.

꽃그늘

아이한테 물었다

이담에 나 죽으면
찾아와 울어줄 거지?

대답 대신 아이는
눈물 고인 두 눈을 보여주었다.

생명

누군가 죽어서
밥이다

더 많이 죽어서
반찬이다

잘 살아야겠다.

여행

떠나온 곳으로 다시는
돌아갈 수 없다는 걸 알기까지는
많은 시간이 필요했다.

묘비명

많이 보고 싶겠지만
조금만 참자.

산책

백합꽃 향기 너무 진하여 저녁때
대문이 절로 열렸네.

오늘의 꽃

웃어도 예쁘고
웃지 않아도 예쁘고
눈을 감아도 예쁘다

오늘은 네가 꽃이다.

무인도

바다에 가서 며칠
섬을 보고 왔더니
아내가 섬이 되어 있었다
섬 가운데서도
무인도가 되어 있었다.

안부

오래
보고 싶었다

오래
만나지 못했다

잘 있노라니
그것만 고마웠다.

집

얼마나 떠나기 싫었던가!
얼마나 돌아오고 싶었던가!

낡은 옷과 낡은
신발이 기다리는 곳

여기,
바로 여기.

시

그냥 줍는 것이다

길거리나 사람들 사이에
버려진 채 빛나는
마음의 보석들.

연애

날마다 잠에서
깨어나자마자 당신 생각을
마음속 말을 당신과 함께
첫 번째 기도를 또 당신을 위해

그런 형벌의 시절도 있었다.

동행

어머니는 언제 죽나?
내가 죽을 때 죽지.

이 봄날에

봄날에, 이 봄날에
살아만 있다면
다시 한 번 실연을 당하고
밤을 새워
머리를 벽에 쥐어박으며
운다 해도 나쁘지 않겠다.

여행의 끝

어둔 밤길 잘 들어갔는지?

걱정은 내 몫이고
사랑은 네 차지

부디 피곤한 밤
잠이나 잘 자기를…….

2

반칠환 편

사랑
시리지 않다

새해 첫 기적

황새는 날아서
말은 뛰어서
거북이는 걸어서
굼벵이는 굴렀는데
한날한시 새해 첫날에 도착했다

바위는 앉은 채로 도착해 있었다

봄

저 요리사의 솜씨 좀 보게
누가 저걸 냉동 재룐 줄 알겠나
푸릇푸릇한 저 싹도
울긋불긋한 저 꽃도
꽝꽝 언 냉장고에서 꺼낸 것이라네
아른아른 김조차 나지 않는가?

노랑제비꽃

노랑제비꽃 하나가 피기 위해
숲이 통째로 필요하다
우주가 통째로 필요하다
지구는 통째로 노랑제비꽃 화분이다

웃음의 힘

넝쿨장미가 담을 넘고 있다
현행범이다
활짝 웃는다
아무도 잡을 생각 않고 따라 웃는다
왜 꽃의 월담은 죄가 아닌가?

두근거려 보니 알겠다

봄이 꽃나무를 열어젖힌 게 아니라
두근거리는 가슴이 봄을 열어젖혔구나
봄바람 불고 또 불어도
삭정이 가슴에서 꽃을 꺼낼 수 없는 건
두근거림이 없기 때문

새 2

새들에게 가장 충격인 것은
날아오를 하늘이 없는 것보다
내려앉을 땅을 발견하지 못했을 때라고

호두과자

쭈글쭈글 탱글탱글
한 손에 두 개가 다 잡히네?
수줍은 새댁이 양볼에 불을 지핀다

호두나무 가로수 아래 칠십 년 기찻길
칙칙폭폭, 덜렁덜렁
호두과자 먹다 보면 먼 길도 가까웁다

박꽃

가슴속에 시인과 도둑이 함께 살아
담을 넘다가도
달빛 시나 짓고 온다
탈탈 털어봐야
이슬 장물 몇 점

무인도

오직 사람 하나 없어
무, 인, 도

경전도 사원도 없으니
죄도 없다고

아무도 신을 경배 않으나
신의 뜻이 가장 잘 보존되어 있다고

생명, 그 아름다운 천형

두꺼비가 물안경 껌뻑이며 빗방울을 세고 있다
옛날 저 놈 할애비가 세는 것도 보았다
자자손손— 셈은 흐려도 나는 저 두꺼비들이
영원히 빗방울을 세었으면 좋겠다
추워 소름 돋으면 연잎 우산도 좀 쓰고
그 많던 두꺼비들아

호수의 손금

얼음호수가 쩌엉 쩡 금 간
손바닥을 펴 보이자
수십 마리 오리들이 와글와글
엉터리 수상을 본다
걱정 말우
봄부터는 운수 풀리겠수
쩌억 쩍 얼음에 달라붙는
제 물갈퀴 발금의 시린 소망이겠지

갈치조림을 먹으며

얼마나 아팠을까?

이 뾰족한 가시가 모두 살 속에 박혀 있었다니

야심

불개미 한 마리 덥석 내 발가락을 깨문다
온 힘을 다해 나를 잡아당긴다
여름 장마 오기 전에
나를 끌고 개미굴로 가려고……

때 1

무릎이 구부러지는 건
세상의 아름다운 걸 보았을 때
굽히며 경배하라는 것이고,
세상의 올곧지 못함을 보았을 때
솟구쳐 일어나라는 뜻이다
때를 가리지 못함이 무릇 몇 번이던가

문蚊 의사

크게 신문에 날 일은 아니로되
산천초목도 벌벌 떨던 독재자로 하여금
제 뺨을 세 번 되우 치게 하고 죽었으니
아는 사람들은 그 의로운 피를 기려 문 의사라 부른다
wing— wing—
작지만 좌, 우의 날개를 지녔다고 전한다

사마귀

직업은 망나니지만
모태신앙이다
방금 여치의 목을 딴
두 팔로 경건히
기도를 올린다

세계관

"세계관이란 무엇입니까?"

"세계가 다 들어가는 관이 아닙니까?"

"……무서운 말이로군요."

"세계가 다 부장품이니 없어진 건 하나도 없습니다."

기적 1

여름장마가 휩쓸고 갔어도
계곡에 버들치 한 마리 떠내려 보내지 못했구나

가뭄

저 소리 없는 불꽃 좀 보아

감열지처럼 타오르는 들판,
그 위로 날던 새 한 마리

한 점 마침표로 추락한다

하! 삼도내마저 말라붙어
차안과 피안의 경계가 없어졌다

수평선

물고기 한 마리 솟구쳤을 뿐인데
일순 수평선은 수평을 놓친다

바다는 언제나 수평이 없는 채로 수평이다

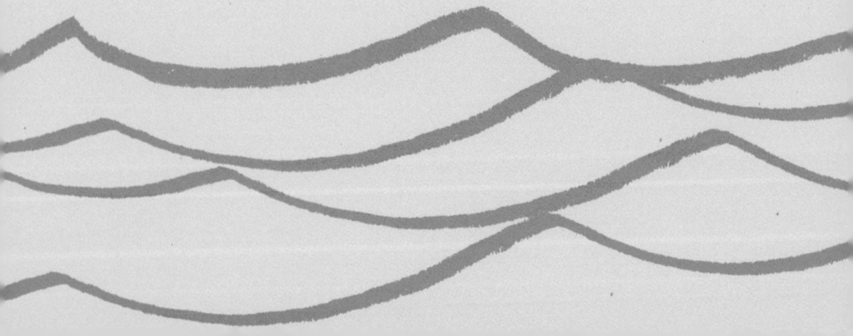

사랑

서리 내린 밤
맨발로
빈 논 건너는 생쥐

시리지 않다

바퀴를 보면 세우고 싶다

해묵은 비급, 당랑권을 선보이며 불쑥
국도 위로 내려앉은 사마귀를 보았다
고서에도 있는 유서 깊은 싸움이다
옛사람은 수레를 돌려 지나갔으나
승용차는 가볍게 밟고 지나간다
푸른 체액이 납작한 주검보다 멀리 흐른다

딱따구리

곡괭일 쓰니 블루칼라 같지만
머리를 쓰니 화이트칼라도 된다우

딱, 딱, 딱—

곡괭이질 하나로 너끈히
장가도 가고
알도 품을 수 있다우

목격

질주하는 바퀴가 청개구리를 터트리고 달려갔다
....
나는 한 생명이 바퀴를 멈추는 데
아무런 제동도 되지 못하는 것을 보았다

사라진 길앞잡이

외로운 길 걷다보면 어디선가 나타나
폴짝폴짝 명랑하게 앞서날던 단청날개
한 발짝씩 쫓다보면 먼 길도 가까웠지

목적지 다 오면 길안내 삯도 안 받고
무덤가로 날아가던 생체 내비게이션
너 없는 저승길은 뉘에게 물어갈까?

상여놀이

사자가 간다 가젤의 상여다
악어가 간다 누우의 상여다
멧돼지가 간다 도토리의 상여다
제비가 간다 하루살이의 상여다
내가 간다 지구생명의 상여다

한 걸음

드물게 나무 아래 내려온 늘보가
땅이 꺼질세라 뒷발을 들어 앞으로 내놓는다
나뭇잎에 앉아 있던 자벌레가
활처럼 굽은 허릴 펴 한 뼘 나앉는다
돌 지난 아기가 첫걸음 떼놓는다
보폭은 다르지만 모두 한 걸음이다

까치집

망치도 없고, 설계도도 없다
접착제 하나 쓰지 않고, 못 하나 박지 않았다
생가지 하나 쓰지 않고, 삭정이만 재활용했다
구들장도 없고, 텔레비전도 없지만
성근 지붕 새로 별이 보이는 밤이 길다
나무와 까치는 임대차 계약도 없이 행복하다

하늘을 가진 손

보리 한 줌 움켜쥔 이는 쌀가마를 들 수 없고,
곳간을 지은 이는 곳간보다 큰 물건을 담을 수 없다
성자가 빈손을 들고, 새들이 곳간을 짓지 않는 건
천하를 다 가지려 함이다
설령 천하에 도둑이 든들
천하를 훔쳐다 숨길 곳간이 따로 있겠는가?

삶

벙어리의 웅변처럼,

장님의 무지개처럼,

귀머거리의 천둥처럼!

3

서정춘 편

수평선 보며

나는 하늘 아래 밑줄만 그읏고 살았다

죽편竹篇 1
—여행

여기서부터, —멀다

칸칸마다 밤이 깊은

푸른 기차를 타고

대꽃이 피는 마을까지

백 년이 걸린다

귀

하늘은 가끔씩 신의 음성에게 듯

하얗게 귀를 기울이는 낮달을 두시었다

단풍놀이

여러 새가 울었단다

여러 산을 넘었단다

저승까지 갔다가 돌아왔단다

하모니카

타향살이 몇 해던가 따위

철없이 부르고 싶은 노래가 있다

서울에서 죽은 시인의 고향으로

길게 울고 가는 텅 빈 객차 한 칸

첫사랑

가난뱅이 딸집 순금이 있었다
가난뱅이 말집 춘봉이 있었다

순금이 이빨로 깨트려 준 눈깔사탕
춘봉이 받아먹고 자지러지게 좋았다

여기, 간신히 늙어 버린 춘봉이 입안에
순금이 이름 아직 고여 있다

전설

길고 긴 두 줄의 강철 시를 남겼으랴

기차는, 고향 역을 떠났습니다

하모니카 소리로 떠났습니다

아이들이 눈 오시는 날을 맞아 눈사람을 만드실 때 마침내 막대기를 모셔와 입을 붙여주시니 방긋 웃으시어 햇볕도나 좋은 날에 사그리로 녹아서 입적하시느니

첫 꽃

그녀가 뒤꽁무니를 쫓아다닌 나를 돌아보며 피식 웃던

그 꽃!

새

그녀의

눈치 빠른 몸짓처럼

찍소리 하나 없는

댓돌 위의 정물처럼

굽 높은

힐처럼

고추잠자리

저! 일획一劃으로 켜진 성냥개비만 한 것

저것이 여러 번씩 내 속눈썹 지지는 마른 번갯불이네

새벽

흰 꼬리 고양이 울음소리가

문지방에 희미하게 걸려 있습니다

돛

바다 위 거미줄 친 돛단배들

물거미 입에 물린 흰나비의 우화羽化들

구름

나는 숨 쉰다
허파처럼

나는 뭉개지며 피는 꽃
하늘 곰팡이

또는 홑이불이 마르는
이미지의 허풍

휴休

가을걷이 하다 말고 앉아 쉬는데
늦잠자리 한 마리가 인정처럼
어깨 위로 날아와 앉았습니다
꼼짝 말고 더 앉아 쉬어 보잔 듯

난蘭

난을 기르듯
여자를 기른다면
오지게 귀 밝은
요즘 여자가 와서
내 뺨을 치고서
파르르르 떨겠지

대나무 2

무크지誌 대밭이다

세로쓰기 일행시一行詩다

일세를 풍미한 숨가쁜 문장이다

구구절절, 긴 문장은 잘라 읽어도 좋겠다

꽁초꽃

누군가 노점을 깔고 앉은 할머니께 나이를 묻자
피우고 있던 꽁초를 꽃인 양 흔들어 보였습니다

소리 1

구름을 놓치면서
마른 땅바닥을
소낙비가 치고 있다
디귿치고리을치고
자판을 치고 있다
문득, 오타에 걸렸는지
타법이 질척하다

소리 2

말이 달린다

다리다리 다리다리

말이 달린다

ㄷㄹㄷㄹ

낙차落差

—해우소에서

마음 놓고 듣네

나 똥 떨어지는 소리

대웅전 뒤뜰에 동백나무 똥꽃 떨어지는 소리

노스님 주장자가 텅텅 바닥을 치는 소리

다 떨어지고 없는 소리

자를 빌려 쓰다*

스님의 좌선은 바위 재는 자요

스님의 입선은 말뚝 재는 자요

스님의 와선은 물길 재는 자요

스님의 자는 눈금 없는 자요

나는 정현종의 자를 빌려 쓰는 자요

---

* 정현종의 시 「자」를 패러디함

달팽이와 놀다

어딜 가니,

몰라,

멀리 가니,

모올라,

가기는 가니,

(! !)

하류下流

옷 벗고

갈아입고

도로 벗고

하르르

먼

여울 물소리

고요살이 1번지

가서는, 돌아오지 않던 메아리들이

도르르 고사리순에 말려 있는 그곳

달 귤 서귀포

서귀포의 밤입니다

여기저기

귤 나뭇가지에

보름달이 노랗게 알을 슬어 놓았습니다

거룩한 밤 여기에도 있습니다

30년 전
—1959, 겨울

어리고 배고픈 자식이 고향을 떴다

—아가, 애비 말 잊지 마라
가서 배불리 먹고 사는 곳
그곳이 고향이란다

봄, 파르티잔

꽃 그려 새 울려놓고

지리산 골짜기로 떠났다는

소식

기념일

—유정숙에게

시 공부 10여 년에 쌓인 책 이희승 국어사전 빼고 나머지 한 도라꾸 판 돈으로 한 여자 모셔와 서울 청계천 판자촌에 세 들어 살면서 나는 모과 할게 너는 능금 해라 언약하며 니 뇨 나뇨 살아온 지 오늘로 50년 오매 징한 사랑아

허시虛詩

내 시의 문장은
타고 남은 서까래다
풍장이 남긴 뼈다귀다
이것저것 다잡아
상한 몸 엮었더니
서서 죽은 인골 탑!

수평선 보며

그렇다, 하늘은 늘 푸른 폐허였고
나는 하늘 아래 밑줄만 그읏고 살았다

마치, 누구의 가난만은
하늘과 평등했음을 기념하듯이

4

윤효 편

홍시

빨갛게 남아 있었다

자존自尊

무서리 하늘 높이 기러기 행렬이 지나고 있었습니다.

때마침 헬기가 굉음을 내며 스쳐갔으나, 그 대오를 전혀 흐트러뜨리지 않았습니다.

원추리

비록 하루밖에 못 사는 꽃을 피우지만, 원추리는 높다란 꽃대 위에 예니레쯤 꽃을 매달 줄 안다.

예닐곱 개의 봉오리들을 하루씩 차례로 피우기 때문이다.

누구도 그 꽃이 하루살이라는 것을 알지 못한다.

한국정신사

하늘 두 쪽 내며 내리꽂히는

빗줄기에게는

눈 깜짝하지 않더니

하염없이 망설이고

하염없이 머뭇거리는

눈송이들에겐

제 몸 기꺼이 길게 눕혀주는

대숲,

한국정신사 제1장 제1절.

우리나라 꽃들은

우리나라 꽃들은 대부분
3·1절과 4·19혁명기념일 사이에 피어난다.

꽃샘 잎샘 까탈이 아무리 거칠어도 그 사이에 꼭 피어난다.

아, 바다

간밤 해일이 다녀갔습니다.

바닷가 즐비한 횟집들의 수족관을 부수고 활어들을 모두 바다로 데려갔습니다.

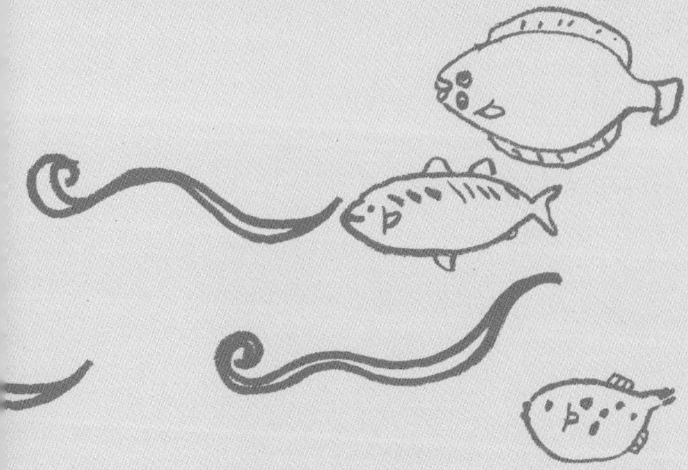

굴뚝새

양철지붕에 싸락눈 내리는 소리에
주인 내외는 초저녁잠을 놓치고 말았다.
두런두런 시작한 얘기가 그칠 줄을 몰랐다.
그 바람에 굴뚝새도 뜬눈으로 지새우고 말았다.

함박눈

눈이 내립니다.

남의 손에 넘어간 논배미에

저물도록 펑펑 내려 쌓이고 있습니다.

아버지, 잘못했습니다.

완생完生

그렇게 좋아하시던 홍시를 떠 넣어 드려도
게간장을 떠 넣어 드려도
가만히 고개 가로저으실 뿐,

그렇게 며칠,
또 며칠,

어린아이 네댓이면 들 수 있을 만큼
비우고 비워내시더니
구십 생애를 비로소 내려놓으셨다.

——완생完生.

홍시

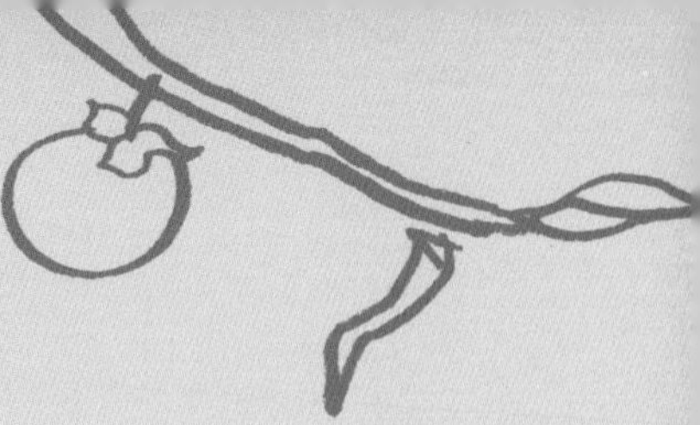

감나무 가지 끝에
홍시 하나가
까치밥으로
남아 있었다.
서릿바람 불고
눈발 날려도
가지 끝에
빨갛게
남아 있었다.

밤새 꺼지지 않던
빈자일등貧者一燈.

따뜻한 얼음

혹한이 며칠째 이어지자
둠벙은 몇 차례 숨을 깊게 들이쉬더니
한가운데 남겨 놓은
제 숨구멍을
마저
닫아버렸다.

송사리 떼가 살고 있었다.

빙어축제

얼음판 위에 발자국들이 어지러이 찍히고 다투어 구멍이 뚫렸다.

이내 환호가 터졌다.

몇 차례, 또 몇 차례 이어졌다.

그리고는 잠잠해졌다.

더 이상 환호가 터져 나오지 않았다.

먼저 끌려 나온 빙어들이 얼음판을 두들겼던 것이다.

온몸을 내던져 두들겼던 것이다.

생명선

날이 풀리자 아파트 마당에 실금이 또 하나 늘었다.

어제는 비까지 내려 더 아프게 드러났다.

풀리지 않는 일 탓이겠으나 심란했다.

손바닥에 자주 눈이 갔다.

내내 뒤숭숭했다.

그런데 오늘 보니 풀 죽을 일이 아니었다.

실금을 따라 푸른 것들이 일제히 돋아나 있었다.

가족

우리집에서 내 방이
제일 작습니다.

우리 네 식구는
이 방에 모여 앉길 좋아합니다.

부끄러움

치통에 시달리시던 팔순 노모 앞니 두 개 마저 뽑으셨을 때보다 여고생 딸년 점심 도시락 먹다가 젓가락 깨물어 앞니 끄트머리 살짝 떨어져나갔을 때에 제 마음 더욱 오지게 쓰리고 아팠습니다.

세차

비를 맞으며 세차를 하였습니다.
오가는 이마다 한마디씩 하였습니다.
아랑곳하지 않았습니다.
이등병 아들이 귀대하는 날이었습니다.

시인

한낱 소음으로 치부되는
제 곡조가
매미는 서럽습니다.

밤이 깊어도
그 울음 그칠 줄을 모릅니다.

저 울음 달랠 이
지상에는 없습니다.

흙꽃

일제 강점기에도
이른 봄날 들판에 이는 먼지를 흙꽃이라 부른
시인이 있었다.

민둥산 허허벌판 흙강아지로
여태 살았다 해도
우리는
사철 푸르렀으리.

그리움 8

중학교 3학년 올라갈 무렵
열다섯 살 무렵
봄방학 며칠 앞두고
편지 한 통을 전해 받았다.
보낸 이의 이름이 없었으나
누구인지 알 것 같았다.

가슴 한복판으로 기찻길이 생겼다.

어떤 개인 날

하늘에
시 한 줄 새기기 좋은 날입니다.

생채기 같은,

송진 그렁그렁한
생솔잎 같은

이
그리움

그 줄에
널어 말리기 좋은 날입니다.

유정천리

눈더미 속
잠깐,

노루귀
바람꽃

서둘러
지는 꽃이

가장
뜨겁다.

눈시울
가득

깊이 맺힌
그 사람.

봄 편지

물푸레 이파리 한 잎 동봉합니다.

사발에 띄워 머리맡에 두시기 바랍니다.

그대 그리워하는 마음 아직도 그 물빛입니다.

푸르스레 번져가는 그 물빛입니다.

울어라 새여

시든 꽃 곁에서
바람은 왜 서성이는지

지는 꽃 곁에서
바람은 왜 맴을 도는지

이미 다 져버린
그 꽃가지를
바람은 왜 흔들어대는지

바람은 왜
그 마른 꽃가지를
저렇게나 마구 흔들어대는지

……울어라 울어라 새여.

남행
—복효근 시인에게

차를 세워 놓으면
은행잎이 수북이 내려 쌓인다는
지리산 자락
그 학교
가고 싶다.

그러한 날이면
차 열쇠 따뜻이 손에 쥐고
걸어서 퇴근한다는
그 선생님
만나러 가고 싶다.

아름다운 학교 1

판매원 없이 운영하는 협동조합에서
학생들 모두 돌아가고 난 뒤
결산을 해보니
공책 한 권 값이 비었다.

이튿날,
학생들 모두 돌아가고 난 뒤
결산을 해보니
공책 한 권 값이 남았다.

아름다운 학교 14

초등학교 2학년 아이들이 통지표를 받아들고 있었다.

한 아이가 울상을 짓고 있었다.

아무에게도 보여주려 하지 않았다.

엄마 앞에서도 울기만 하였다.

달래도 그치지 않았다.

선생님이 저한테 욕을 했다는 것이었다.

통지표에는 승부욕이 강하다고 쓰여 있었다.

내가 졌다

주룩주룩
비 내리는 아침이었다.
우산 둘이 비켜갈 수 없는 좁다란 길 저만치
네가 오고 있었다.
한 손엔 보조가방을 들고 있었다.
우산 접고 비켜줘야지
생각했었다.
그런데
그 비 맞으며
네가 먼저 비켜섰다.

어린것이 어른을 이기다니
버릇도 없이.

김영태 선생님

부적국민학교 6학년 1반 우리 담임선생님은 풍금을 잘 치지 못하였습니다. 그래서 아이들에게 늘 음악책을 갖고 다니게 하였습니다. 그리고는 국어나 산수 수업을 하다가도 옆 반에서 노랫소리가 들리면 얼른 음악책을 꺼내 놓고 그 옆 반의 노래를 따라 부르게 하였습니다. 그렇지만 나는 6학년 때 그렇게 배운 노래들을 30년이 지난 지금도 가장 잘 부릅니다.

죽비

복도로 나가서
꿇어앉아
종이 울릴 때까지

왜 그랬는지
까맣게 잊었지만

아직도 울리지 않고 있는
그 종.

응시

파장 무렵 시장통 한 모퉁이 가로등 아래 손수레 받쳐놓고 할아버지 한 분이 성경을 읽고 있었다.

밥집 앞에서 연신 땅바닥을 쪼아대던 비둘기 한 마리가 그 모양을 그윽이 쳐다보고 있었다.

못

가슴에 굵은 못을 박고 사는 사람들이 생애가 저물어가도록 그 못을 차마 뽑아버리지 못하는 것은 자기 생의 가장 뜨거운 부분을 거기 걸어놓았기 때문이다.

5

함민복 편

그리움

지워지지 않는다

달력

세월이여
발자국을 먼저 찍어 놓다니!

가을

당신 생각을 켜놓은 채 잠이 들었습니다

상현上絃달

弦(활) 시대를 끝내고
絃(악기)의 시대를 선포하소서

이제
지상의 연주를 들어주소서

농촌 노총각

달빛 찬 들국화길

가슴 물컹한 처녀 등에 업고

한 백리 걸어보고 싶구랴

마흔 번째 봄

꽃 피기 전 봄 산처럼
꽃 핀 봄 산처럼
꽃 지는 봄 산처럼
꽃 진 봄 산처럼

나도 누군가의 가슴
한번 울렁여보았으면

그리움

천만 결 물살에도 배 그림자 지워지지 않는다

매미 2

울 차례 오래 기다렸구나

울음소리 길다

곡선

사랑은 곡선이다

곡선의 씨앗은 하트♡다

다리의 사랑 4

서로의 다리가 되어주며
함께 다리를 건너가는 것이니
사랑은 몇 층인가

산

된통 혼나고 싶은
마음에
찾아뵈어도

오르막
내리막
덕담뿐

그릇

집 안에 머물다 집 떠나니
집이 내 안에 와 머무네

지상에서 가장 큰 그릇인 길은
길 밖에다 모든 것을 담고 있고

집은 내 속에 담겨
나를 또 담고 있네

마음은행

내 마음을 당신 마음에 자꾸 저축하고 싶어요
당신 마음 전부를 내 마음에 예치하고 싶어요

내 마음속에는 내 마음보다 당신 마음이 더 많아요
당신 마음속에도 당신 마음보다 내 마음이 더 많은가요

당신 마음의 비밀번호는 무엇인지요
내 마음의 비밀번호는 이제 당신이랍니다

다리의 사랑 9

눈물못 박히지 않은 사랑은 없다

사이가 있어 다리가 있고

눈물은 뜨겁다

그늘 학습

뒷산에서 뻐꾸기가 울고
옆산에서 꾀꼬리가 운다
새소리 서로 부딪히지 않는데
마음은 내 마음끼리도 이리 부딪히니
나무 그늘에 좀 더 앉아 있어야겠다

나를 위로하며

빼뚤빼뚤

날면서도

꽃송이 찾아 앉는

나비를 보아라

마음아

섬

물울타리를 둘렀다

울타리가 가장 낮다

울타리가 모두 길이다

40대代

솟아오르던 물줄기가 휜다

휨의 경계에서

물줄기는 솟아오름도 내리쏟아짐도 아니다

물의 고갯길이 서럽도록 맑다

솟아오름만 가지고 분수대는 아름다울 수 없다

유리

유리는 내용이 없어 투명하다

유리처럼 다 담을 수 있어

마음은 아프기도 하다

가자

상처가 몸뚱이가 되는 유리야

상처가 문門이 되기도 하는 마음아

목련나무

붓 모양 수천 개의 꽃눈
후다닥
꽃 핀 자화상
그려놓을 수도 있으련만

붓이 꽃이 될 때까지
붓이 꽃으로 피어날 때까지

숨꽃

나의 폐는 허공의 열매

성선설

손가락이 열 개인 것은
어머니 배 속에서 몇 달 은혜 입나 기억하려는
태아의 노력 때문인지도 모릅니다

저 달장아찌 누가 박아 놓았나

마음 마중 나오는 달정거장

길이 있어

어머니도 혼자 살고 나도 혼자 산다

혼자 사는 달

시린 바다

저 달장아찌 누가 박아 놓았나

광화문 촛불바다

위에서 아래로 따르는
물 받을 수 있는 컵에
아래서 위로 초를 꽂아
불을 담아 들고 있네

혁명일세!
태극일세!

연못

땅바다에
물섬

외로운

수평선
전도사

그림자

금방 시드는 꽃 그림자만이라도 색깔 있었으면 좋겠다

어머니 허리 휜 그림자 우두둑 펼쳐졌으면 좋겠다

찬 육교에 엎드린 걸인의 그림자 따듯했으면 좋겠다

마음엔 평평한 세상이 와 그림자 없었으면 좋겠다

대전엑스포

자연에서 가장 멀리
도망친 것들의 잔치
이利의 극점

햇살 맑은 아침
소귀에 경을 읽고 싶다
이利를 향해서만 밥을 먹을 수는 없다

반성

늘
강아지 만지고
손을 씻었다

내일부터는
손을 씻고
강아지를 만져야지

밴댕이

팥알만 한 속으로도
바다를 이해하고 사셨으니

자, 인사드려야지

이분이
우리 선생님이셔

갈대

머리에 씨앗을 이고 있는 한

죽어서도 허리 꺾지 않는

에미들

여기 또 있구나

꽃봇대

전등 밝히는 전깃줄은 땅속으로 묻고
저 전봇대와 전깃줄에
나팔꽃, 메꽃, 등꽃, 박꽃…… 올렸으면
꽃향기, 꽃빛, 나비 날갯짓, 벌 소리
집집으로 이어지며 피어나는
꽃봇대, 꽃줄을 만들었으면

발문

짧고 깊고 은은한 단형 서정의 정점

1. 언어 과잉을 경계하는 완미한 미학적 완결성

한국 현대시의 완미한 미학적 완결성은 압축과 여백의 미美가 살아 있는 단시 전통에서 발원되었다. 장편 서사시나 극시의 전통이 영성했던 문학사적 지형도에 비추어볼 때 이러한 단형 서정시가 주류로 안착되는 데에는 별 어려움이 따르지 않았을 것이다. 김소월, 정지용, 김영랑, 박목월, 박용래로 이어진 이 계열은 어지러운 요설이나 장광설을 멀리 하고 압축과 긴장의 미학을 줄곧 택해왔다.

주지하듯 단형 서정시는 기억이나 낭송의 편의를 돕고 각종 앤솔러지에도 즐겨 채택되어 독자들의 유력한 향유 대상이 되어준다. 그러나 인간을 둘러싼 환경이나 제도나 관행이 복합성을 띠기 시작하면서 단형 전통은 순탄하게 지속되지 못했다고 할 수 있다. 심미적이고 순간적인 관찰과 형상화로는 복잡해진 사회적 관계를 온전하게 담아내기 어렵게 되었고, 특별히 시인들의 비판적이고 대안적인 사유를 드러내는 데는 결정적인 한계를 불가피하게 드러낼 수밖에 없었기 때문이다.

그럼에도 불구하고 가장 짧은 형식을 통해 서정의 원형을 완성하려는 시인들의 노력은 압축과 초월의 미학을 우리 문학사에 꾸준히 새겨갔다. 이들은 언어 자체에 대한 부정이 아니라 언어 과잉의 욕망을 경계하는 방법을 보여줌으로써, 언어가 길어지고 난삽해지는 방향에 반성적 역진逆進의 감각을 부여해왔던 것이다.

오늘 우리가 읽게 될 나태주, 반칠환, 서정춘, 윤효, 함민복 다섯 시인이 참여한 합동시집 『일편단시』는 이러한 단형 서정시의 확연한 범례範例로 우리에게 다가온다. 이는 단형 서정시의 역사적 계보를 일견 계승하고 일견 확장시키면서 서정시의 미학적 지남指南 역할을 톡톡히 해줄 것으로 기대된다. 독자들은 한편으로 이 견고하고도 알찬 집성集成을 통해 단형 서정시의 극점을 경험하게 될 것이고, 한편으로 몇몇 가편佳篇들을 직접 암송함으로써 매우 훤칠한 향유 과정을 경험하게 될 것이다. 이제 그 세계 안으로 한 걸음씩 들어가 보도록 하자.

2. 응축과 초월을 통해 발화되는 예지의 언어

여기 작품을 실은 시인들은 이성적 경계를 통한 배제의 미학보다는 응축과 초월의 언어를 새기고 나머지는 여백으로 남기는 함축의 방법론을 집중적으로 보여준다. 이때 독자들은 저마다의 경험과 감상의 폭에 따라 그 여백을 채워가며 시를 읽게 된다. 시인들은 단형 시법詩法의 정점을 지향하면서 응축과 긴장과 생략의 방법론을 충실하게 펼쳐낸 묵묵한 실례들을 이번 시집에 싣고 있는데, 이 또한 이러한 흐름을 감안한 결과라고 할 수 있을 것이다.

이분들은 오랜 경험적 관찰과 그로부터 얻은 예지를 차분하게 갈무리하면서 삶의 보편적 이치를 알아가는 성숙의 과정을 투명한 언어로 들려주고 있다. 말하자면 대상을 향한 열렬한 도취나 이질적 마찰을 동시에 경계하면서 짧은 형식 안에 응축과 초월을 통한 성숙한 예지의 언어를 어울리게끔 하고 있는 것이다. 나태주 시인의 유명한 연작을 한번 읽어보자.

자세히 보아야
예쁘다

오래 보아야

사랑스럽다

너도 그렇다.

—「풀꽃 1」

이름을 알고 나면 이웃이 되고
색깔을 알고 나면 친구가 되고
모양까지 알고 나면 연인이 된다
아, 이것은 비밀.

—「풀꽃 2」

기죽지 말고 살아봐
꽃 피워봐
참 좋아.

—「풀꽃 3」

나태주 시인을 '풀꽃'이라는 상징으로 각인한 이 작품들은 단형 서정의 미학이 어떤 감동을 낳는지를 잘 보여준다. 지금은 국민 애송시가 된 첫 편은 누군가를 자세히 오래도록 바라보아야 비로소 아름다움과 사랑스러움을 발견할 수 있다는 평범하지만 깊은 이치를 노래한다. 그리고 마지막 연 "너도 그렇다."라는 진술을 통해 '너'라는 이름으로 포괄될 수많은 2인칭에게 아름다움과 사랑스러움을 선사하고 있다. 짧고 단정한 언어적 매무새가 누군가를 향한 사랑의 메시지를 압축적으로 전해주는 명편이다.

또한 시인은 풀꽃의 '이름'과 '색깔'과 '모양'을 정성스럽게 알아가면 누구라도 '이웃'과 '친구'와 '연인'이 되는 '비밀'을 전해주기도 하고, 풀꽃을 향해 기죽지 말고 살아보라고 하면서 그렇게 꽃 피웠을 때 "참 좋아."라는 탄성과 찬사가 이어지게끔 하기도 한다. '풀꽃'으로 대변되는 가난하고 외롭고 낮은 존재자들을 위무하고 격려하는 것이다.

이처럼 나태주 시인은 자신의 시를 '완벽한 노래'이자 '다른 목소리'로 발화해간다. 우리는 시가 '완벽한 노래'일 때 그것을 선명하게 기억하고 재현하기를 즐긴다. 노래로서의 속성이 토씨 하나 틀리지 않게 그것을 기억하고 향수하게끔 하는 힘이 되어주기 때문이다.

'다른 목소리'일 경우는 사물에 대한 전혀 새로운 해석과 명명을 경험하게 되는데, 그러한 참신한 표현을 통해 우리는 한동안 감각적 희열을 느끼게 된다. 그 점에서 나태주의 시는 '완벽한 노래'이자 '다른 목소리'를 부여한 한국 시의 정점으로 기록될 것이다. 다음으로 반칠환 시편이다.

황새는 날아서
말은 뛰어서
거북이는 걸어서
굼벵이는 굴렀는데
한날한시 새해 첫날에 도착했다

바위는 앉은 채로 도착해 있었다

–「새해 첫 기적」

노랑제비꽃 하나가 피기 위해
숲이 통째로 필요하다
우주가 통째로 필요하다
지구는 통째로 노랑제비꽃 화분이다

–「노랑제비꽃」

넝쿨장미가 담을 넘고 있다
현행범이다
활짝 웃는다
아무도 잡을 생각 않고 따라 웃는다
왜 꽃의 월담은 죄가 아닌가?

–「웃음의 힘」

반칠환 시인은 새해 첫날을 맞아 자연 사물이 여전히 움직이고 때로는 견고하게 자기 자리를 지키고 있는 것에 대해 '기적'이라는 의미를 부여한다. 그들은 날거나 뛰거나 걷거나 구르면서 서로 다른 속도로 움직여왔지만 한날한시 새해 첫날에 도착한 것이다. 다만 바위는 앉은 채로 이미 도착해 있었으니 그 또한 기적이 아니겠는가. 기적이란 이렇게 자신의 흐름과 속성을 유지하면서 제 몫을 살아내는 목숨들에게 무등無等하게 찾아오는 어떤 것이다.

그런가 하면 시인은 '노랑제비꽃'의 개화를 위해서는 우주 전체가 필요했다고 함으로써 지구가 통째로 "노랑제비꽃 화분"임을 노래한다. 자연 사물들끼리 사실은 서로 위치를 바꾸면서 존재하기도 한다는 신비로움을 들려준 것이다. 나아가 시인은 넝쿨장미가 월담을 하는데 아무도 잡을 생각 없이 웃음만 내보이는 순간을 잡아낸다. 그들이 보여준 '웃음의 힘'이야말로 자연에 대한 무죄를 선언하는 시인 자신의 '힘'이었을 것이다.

시인이 짧은 시편에 대해 애착을 가지는 것도 어쩌면 그것이 가지는 이러한 순간의 속성이 우리로 하여금 남다른 감동을 느끼게끔 만들어주기 때문일 것이다. 그리고 그 욕망은 화음和音의 미학에 대한 지향과 '존재의 집'을 구성하려는 의지로 천천히 확장해간다. 우리의 일상화된 균열 속에서 순간적으로 드러나는 반칠환 시의 이러한 섬광은 함축의 특성을 통해 성

취 가능한 미학적 '존재의 집'이라고 비유적 명명을 내릴 수 있을 것이다. 다음으로는 서정춘 시편이다.

여기서부터, —멀다

칸칸마다 밤이 깊은

푸른 기차를 타고

대꽃이 피는 마을까지

백 년이 걸린다

–「죽편竹篇 1—여행」

하늘은 가끔씩 신의 음성에겐 듯

하얗게 귀를 기울이는 낮달을 두시었다

–「귀」

여러 새가 울었단다

여러 산을 넘었단다

저승까지 갔다가 돌아왔단다

–「단풍놀이」

첫 시집 표제가 되었던 연작 첫머리에 시인은 '여행'이라는 부제를 달았다. 보들레르는 여행자를 일러 '흘러가는 구름을 사랑하는 이방인'이라고 했지만 여기서 "칸칸마다 밤이 깊은// 푸른 기차를 타고" 여행을 하는 이에게는 그런 낭만적 함의가 전혀 없다.

다만 족히 백 년은 걸려 닿게 될 "대꽃이 피는 마을"을 향한 멈추지 않을 유적流謫만이 존재할 것임을 암시해줄 뿐이다. 그 기차는 가난과 비애를 싣고 먼 곳을 달리면서 백 년 세월을 충분히 그 안에서 삭히고 있을 것이다. '칸칸마다'나 '푸른 기차'라는 비유적 표현이 대나무의 외관과 속성을 잘 보여주는 갈데없는 명편이다.

그런가 하면 시인은 '낮달'을 두고 하늘이 가끔씩 신神의 음성을 들으려고 낸 '귀'로 형상화한다. 물론 "하얗게 귀를 기울이는 낮달"은 자연의 소리를 들으려는 시인 자신의 초상이었을 것이다. 또한 시인은 늦가을 단풍놀이를 두고 새 여러 마리가 울면서 산들을 넘고 끝내는 저승까지 갔다가 돌아와 만들어낸 시간 형식이라고 노래한다. 짧은 형식 안에 삶의 비의秘義가 충일하기만 하다. 물론 짧은 서정시 안에 소소한 인생 세목이 전부 담기는 것은 불가능한 일이다.

하지만 서정춘의 시는 삶의 이치를 직관적으로 포착하여 해석함으로써 새로운 감각으로 나아가는 데 맞춤한 역설의 토양이 되어 준다. 그래서 우리는 그의 시가 수행하는 인생 해석이 구체적 세목을 생략하면서 이루어진다는 점을 긍정하면서도 그것이 새로운 세계로 다가오는 것을 경험하게 된다. 다음으로 윤효 시편이다.

우리나라 꽃들은 대부분
3·1절과 4·19혁명기념일 사이에 피어난다.

꽃샘 잎샘 까탈이 아무리 거칠어도 그 사이에 꼭 피어난다.

–「우리나라 꽃들은」

간밤 해일이 다녀갔습니다.
바닷가 즐비한 횟집들의 수족관을 부수고 활어들을 모두 바다로 데려갔습니다.

–「아, 바다」

양철지붕에 싸락눈 내리는 소리에
주인 내외는 초저녁잠을 놓치고 말았다.
두런두런 시작한 얘기가 그칠 줄을 몰랐다.
그 바람에 굴뚝새도 뜬눈으로 지새우고 말았다.

– 「굴뚝새」

윤효 시인은 우리나라 꽃들이 피어나는 시절에 역사적 상상력을 입힌다. 가령 그들 대부분은 "3·1절과 4·19혁명기념일 사이"에 개화한다는 것이다. 그렇게 "꽃샘 잎샘 까탈이 아무리 거칠어도" 그 사이에 기어이 피어나는 일관된 속성이 마치 겨울을 넘어 피어난 우리 민족 공동체를 유비類比하는 듯하다.

또한 시인은 바다를 바라보면서 간밤에 해일이 바닷가 횟집의 수족관을 부수고 물고기들을 데려간 것으로 형상화한다. 물고기들을 가둔 수족관의 폐쇄성을 넘어서는 상상력에 시인은 '아, 바다'라는 감탄사를 보태 제목으로 달아놓았다. 나아가 '굴뚝새'에 대해 노래하면서 시인은 양철지붕에 싸락눈 내리는 소리와 주인 내외의 두런거리는 이야기 소리를 겹쳐놓았다. 이때 굴뚝새가 그네들의 이야기에 뜬눈으로 동참하는 형상은 존재자들의 상호연관성과 함께 가난한 삶의 아름다움을 동시에 보여준다.

이렇게 시인은 다양한 현상이나 사물을 정성스럽게 화폭에 담아내면서 시각으로는 도저히 담아낼 수 없는 사물들의 미세한 존재방식을 채록해간다. 생명 있는 것들이 어울려 있는 생의 화음을 들으면서 역동의 고요를 포착해낸 것이다. 사물들이 수런대는 풍경을 통해 자연에 몸을 담그면서 시인은 언어가 숨을 멈추고 풍경만이 육체를 얻어 발화하는 일종의 '침묵의 소리sound of silence'를 듣고 있다. 현재와 같은 언어 과잉의 시대를 뛰어넘어 그야말로 역설적 미래를 그려가면서, 스스로를 '언어경제학'의 사제로 만들어가는 것이다. 다음으로 함민복 시편이다.

세월이여
발자국을 먼저 찍어 놓다니!

–「달력」

당신 생각을 켜놓은 채 잠이 들었습니다

–「가을」

弦(활) 시대를 끝내고
絃(악기)의 시대를 선포하소서

이제

지상의 연주를 들어주소서

–「상현上絃달」

함민복 시인은 시간에 공간성을 부여하는 방법으로 "발자국을 먼저 찍어" 놓은 달력을 소환하였다. 먼저 찍어 놓았으니 우리는 그 자국을 따라 한 해를 걸어갈 것이다. 다음 작품은 대중들에게도 꽤 인지도가 높은 한 줄 시편이다. 당신 생각을 켜놓은 채 잠이 들었다는 것이 깊은 가을밤을 잘 환기하고 있다. 그리고 누군가를 생각하다가 잠들었을 시인의 마음을 훈훈하게 전해주는 명편이다.

그런가 하면 시인은 '상현달'을 향하여 "弦(활)의 시대를 끝내고/絃(악기)의 시대를 선포"해달라고 기원한다. 이때 상현上弦은 상현上絃으로, 천상의 빛은 지상의 연주로 몸을 바꾸어간다. 가장 짧은 시행으로 보석 같은 순간을 일구어내는 시인의 역량이 정점에서 빛을 발한다.

물론 작품 길이는 함민복 시의 본질이 아니다. 비유하자면 짧은 과잉도 있고 기나긴 결핍도 있을 것 아닌가. 시인은 근원적 분위기를 만들어내기 위해 사물이 들려주는 성스러운 소리를 통해 원초적 통일성을 회복하려는 열망을 양도하지 않을 뿐이다. 이때 시인이 귀 기울이는 것은 '침묵의 소리'일 것이다. 이는 고요한 자연의 소리를 통해 어떤 존재론적 기원을 발견하고자 하는 시인의 지향이 강렬하게 반영된 것일 터이다. 그렇게 그의 시는 서정시 본연의 절제와 여백 지향성을 보여주면서, 원초적 통일성을 회복하려는 지향을 앞으로도 풍부하게 견지해갈 것이다. 형식의 절제에서 오는 미학적 효과를 우리는 함민복의 시에서 이렇게 발견하게 되는 것이다.

3. 아우라를 회복하는 귀한 방법이자 권역

말할 것도 없이, 단형 서정시는 고유한 압축과 긴장의 미학에 존재론적 거처를 둔다. 이때 부수적으로 따라붙는 기법은 당연히 생략의 방법이다. 물론 그것은 본디 적지 않은 분량과 밀도를 가진 서사나 정서가 들어차 있던 곳을 비움으로써 일어나는 어떤 방법일 것이다. 따라서 독자들은 그 비워진 터에 자신의 경험과 기억을 풀어놓아 행간에 숨겨 있는 서사와 정서를 재구성하고 그 의미를 완성해가야 한다. 그 작품들이 의미를 설명하는 쪽이 아니라 응축하는 쪽에 서 있기 때문이다.

불화와 불모가 지속되어가는 우리 시대를 넘어 내적 치유와 발견의 순간을 노래하는 이분들의 시는, 상실과 상처를 증언하고 재현하는 동시에 거기서 생겨나는 치유와 희망의 순간을 선명한 이미지로 보여줌으로써 이러한 과정을 완성해간다. 마치 무성영화의 무음처럼 응축적 형식 속에 정제된 진실의 형상을 담아간다고 할 수 있을 것이다. 다음 작품들은 어떠한가.

그대 떠난 자리에
나 혼자 남아
쓸쓸한 날
제비꽃이 피었습니다
다른 날보다 더 예쁘게
피었습니다.

– 나태주, 「제비꽃」

무릎이 구부러지는 건
세상의 아름다운 걸 보았을 때
굽히며 경배하라는 것이고,
세상의 올곧지 못함을 보았을 때
솟구쳐 일어나라는 뜻이다
때를 가리지 못함이 무릇 몇 번이던가

– 반칠환, 「때 1」

어리고 배고픈 자식이 고향을 떴다

—아가, 애비 말 잊지 마라

가서 배불리 먹고 사는 곳
그곳이 고향이란다

– 서정춘, 「30년 전—1959, 겨울」

누군가 떠난 자리에 '제비꽃'이 더욱 예쁘게 피어났다. 그리고 꽃은 혼자 남은 시인의 쓸쓸한 날을 아름답게 만들어준다. 외로움과 쓸쓸함을 넘어서는 아름다움은 작은 생명에서 그것을 발견하는 시인의 시선 때문에 가능했을 것이다. 나태주 시학의 근원이 이렇게 작고 보잘것없는 생명에서 찾아내는 우주적 원리에서 생겨나고 있는 것이다.

반칠환 시인은 무릎을 구부리는 것이 아름다움에 대한 경배이자 올곧지 못한 것에 대한 분노의 동작임을 힘주어 선언한다. 때를 제대로 가리지 못했던 자신의 삶을 돌아보면서 그 순간들을 자신의 삶에 반성적으로 새겨가고 있다. 짧은 형식 안에 촌철살인의 윤리적 지향을 경험케 해주고 있는 것이다.

서정춘 시인은 가난과 출향 과정을 겹쳐 놓았다. 30년 전 겨울 어리고 배고픈 자식이 고향을 등졌는데 환청처럼 "아가, 애비 말 잊지 마라"는 말이 들려온다. 배불리 먹고 사는 곳이 고향이라는 아버지 말씀이었다. 가난의 기원인 아버지가 자식을 떠나보내면서 들려준 수심의 언어가 놓울치고 있다. 이렇게 이들 작품은 삶의 역리逆理를 심층에서 보여주는 사례로서 우리는 여기서 가난과 쓸쓸함을 벗어나는 순간을 환하게 경험한다.

무서리 하늘 높이 기러기 행렬이 지나고 있었습니다.

때마침 헬기가 굉음을 내며 스쳐갔으나, 그 대오를 전혀 흐트러뜨리지 않았습니다.

– 윤효, 「자존自尊」

늘
강아지 만지고
손을 씻었다

내일부터는
손을 씻고
강아지를 만져야지

– 함민복, 「반성」

윤효 시인은 겨울 하늘을 날아가는 기러기 행렬이 때마침 스쳐간 헬기의 굉음에도 전혀 흐트러지지 않는 순간을 부조浮彫한다. 대오를 흐트러뜨리지 않은 기러기들이야말로 외적 자극이나 풍문에 휩쓸리지 않는 어떤 '자존自尊'을 선명하게 보여준 것이다. 그 풍경에서 시인 스스로의 견고한 심지가 느껴지

기도 한다.

함민복 시인은 강아지를 쓰다듬는 것과 손을 씻는 순서를 바꾸어보자는 생각을 '반성'으로 집약하고 있다. 강아지 만지고 손을 씻었던 것을 이제는 손을 씻고 강아지를 만지겠다는 것이다. 그렇게 행동을 바꾸는 '내일'이야말로 '반성'에 이어지는 변화의 실천이 시작되는 날이 될 것이다.

지금까지 우리가 읽은 다섯 분의 단형 서정시는 내면과 풍경을 응축적으로 반추하면서 새로운 삶의 원리에 대한 실감 있는 순간성을 우리에게 첨예한 미학으로 보여주었다. 물론 내면과 세계를 함축과 생략의 원리로 형상화하는 것이 여기 거론한 시인들에게만 고유한 개성이라고 할 수는 없을 것이다. 그 점에서 시인들이 의식하는 것은 작품의 길이가 아니라 대상을 선택하고 배열하고 구성하는 언어적 형식인지도 모른다.

앞으로도 이분들은 함축적이고 심미적인 단형 서정을 일관되게 구현함으로써 서정시의 정예적 속성을 지켜갈 것이다. 그리고 생활적 구체보다는 초월과 암시를 주음主音으로 하면서 구현해가는 이분들의 단시적 완결성은 서정시의 귀한 창작방법이자 미적 권역으로 그 중요성을 지켜갈 것이다.

그러나 말하지 않음으로써 역설적으로 과잉을 경계하는 이러한 작법이 초월과 암시 그리고 상상적 능동성을 통해 현대인의 잃어버린 아우라를 회복하는 강력한 방법으로 원용될

때 거기에 완성도 높은 장인정신이 요청되는 것은 두 말할 나위 없을 것이다.

우리는 지금-여기 나태주, 반칠환, 서정춘, 윤효, 함민복 시인이 그러한 미학적 과제에 아름답고 웅숭깊게 응답한 결실을 만나보고 있는 것이다.

유성호(문학평론가, 한양대학교 국문과 교수)

출처

문학동네

함민복, 「성선설」, 『우울씨의 일일』, 문학동네

함민복, 「반성」, 『노래는 최선을 다해 곡선이다』, 문학동네

문학세계사

함민복, 「그리움」, 『말랑말랑한 힘』, 문학세계사

함민복, 「그늘 학습」, 『말랑말랑한 힘』, 문학세계사

함민복, 「나를 위로하며」, 『말랑말랑한 힘』, 문학세계사

함민복, 「섬」, 『말랑말랑한 힘』, 문학세계사

함민복, 「저 달장아찌 누가 박아 놓았나」, 『말랑말랑한 힘』, 문학세계사

함민복, 「그림자」, 『말랑말랑한 힘』, 문학세계사

창비

함민복, 「가을」, 『모든 경계에는 꽃이 핀다』, 창비

함민복, 「농촌 노총각」, 『모든 경계에는 꽃이 핀다』, 창비